CLARA LOUISE

GOLDEN

Vom Funkeln des Lebens

CLARA LOUISE

GOLDEN

Vom Funkeln des Lebens

Gedichtband

Mit Zeichnungen der Autorin

LOUD

Vorwort

Es ist Ende Januar, als ich diese Zeilen tippe. Draußen versinken die Dächer und Autos unter tiefen Bergen von Schnee, die Sonne scheint und ich habe mir einen Tee gemacht. Heute habe ich meinen Laptop nicht am Schreibtisch aufgestellt, sondern sitze zugedeckt in meinem Bett und gönne mir die Freiheit, die mir zusteht, dort zu sein, wo ich gerade sein möchte.

Ich führe bereits seit fünf Tagen ein Experiment mit mir selbst durch: Ich versuche meinen Alltag nur noch nach bewussten Entscheidungen zu gestalten, die mit meinem Bauchgefühl übereinstimmen. Ich habe noch nie vom Bett aus gearbeitet! In diesem Moment fühle ich mich wie eine Königin, und das nur, weil ich mir vorgenommen habe, für mich selbst zu sorgen. Ich weiß nicht, wie lange mir dieses Experiment gelingt, denn ich neige dazu, zu hart mit mir selbst ins Gericht zu gehen und zum Teil selbst auferlegte Pflichten abzuarbeiten, bis ich nicht mehr kann, doch gerade gelingt es mir, den Spieß umzudrehen und durchzuatmen.

Es ist höchste Zeit, dass ich meinem Körper etwas Entspannung gönne, denn neuerdings schlafen meine Arme und Beine nachts ein und manchmal tut alles so weh, dass ich gar nicht weiß, wie ich mich zum Einschlafen hinlegen soll. Warum ich das alles erzähle? Nun, um zu zeigen, dass wir alle noch lernen müssen, bewusst liebevoll mit uns umzugehen, und weil ich nun aus der Vergangenheit weiß, wie gut es tut, diese Dinge miteinander zu teilen, denn so spüren wir, dass wir nicht alleine sind, dass wir alle stets in Bewegung sind, gütiger mit uns selbst und unserem Leben zu sein.

Durch das Schreiben denke ich viel über das Leben nach und über die einzigartige Gelegenheit, die uns damit in die Hände gelegt wurde. Wir haben ein Leben (außer, man glaubt an mehrere Leben) und dieses können wir größtenteils (mit Ausnahmen) frei gestalten und uns immer wieder neu entscheiden. Das bedeutet viel Verantwortung, jedoch auch zahlreiche Möglichkeiten!

Oft liegt mir folgender Satz auf der Zunge: Stelle dir vor, du hättest nur dieses eine Leben! Was würdest du dann tun?", denn ich glaube, dass vielen von uns diese Tatsache, diese kostbare Weisheit, im Alltag verloren geht. Wir leben von Tag zu Tag, erfüllen unsere Pflichten, erledigen Aufgaben und warten. Wir warten auf die Zukunft, in der irgendwann die große Freiheit, das große Vergnügen auf uns wartet, doch wer garantiert uns überhaupt diese Zukunft? Und wer sagt, dass wir in dieser Zukunft, sollten wir sie erreichen, wissen werden, dass es Zeit ist, nun so zu leben, wie wir es aus tiefstem Herzen möchten? Wer sagt, dass wir es nicht schon jetzt tun können?

Wer sagt es, wenn nicht du selbst, wie DU DEIN Leben jetzt leben sollst?

Ich wünsche mir aus tiefstem Herzen, dass jeder Mensch, der sich in der privilegierten Situation befindet, selbst zu entscheiden, ein erfülltes Leben lebt. Jeden Tag. Und dass er diese Aufgabe als den Sinn seines Lebens erkennt.

Als ich begonnen habe, dieses Buch zu schreiben, war es Nacht. Ich schreibe eigentlich immer morgens, so wie jetzt, denn dann stecke ich voller Energie. Doch in jener Nacht lag ich wach und meine Gedanken kreisten um dieses Buch und die Idee, die ich plötzlich hatte. Ich rang mit mir selbst: Aufstehen und aufschreiben oder liegen bleiben und auf morgen vertagen? Ich entschied mich für Ersteres, denn ich spürte, dass es so sein sollte. Also setzte ich mich an meinen Schreibtisch und fing an zu tippen. Ich schrieb gleich etwa 20 Seiten. Es war so, als würden meine Finger etwas Größerem in mir folgen als meinem reinen Verstand – ein aufregendes und bewegendes Erlebnis.

In diesem Buch erwarten dich Gedichte, Aphorismen und Denkanstöße. Ich habe Weisheiten aus Büchern, der Psychologie und meinen eigenen Erfahrungen einfließen lassen, um dir zu zeigen, was alles möglich ist und wie man sich auf den Weg begeben kann, ein „goldenes" Leben zu führen. Dieses Buch dient als weiterer Schritt auf deinem Weg zu dir selbst und deinem wahren Ich, denn das liegt immer noch in dir, auch wenn du es gerade nicht findest. Ich glaube fest daran, dass wir vollkommen geboren werden, uns mit der Zeit an unser Umfeld anpassen und uns somit von uns selbst entfernen. Wir müssen uns also „nur" daran erinnern, wer wir schon immer waren. Ich hoffe, dass ich dir dabei helfen kann, so wie du mir hilfst, indem du mich dazu motivierst, aus meinem Herzen zu schreiben und mich so immer wieder aufs Neue kennenzulernen.

Von Herzen nur das Beste und alles Liebe

Clara Louise

1. Auflage

Imbergstr. 31c, 5020 Salzburg, Österreich
Umschlaggestaltung: Clara Louise
Lektorat: 2021 Lektorat Unker
Satz und Layout: Alexander Tiefenbacher, Clara Louise
Druck und Bindung: FINIDR, s.r.o.,
Lípová 1965, 737 01 Český Těšín, Tschechische Republik
Bestellung und Vertrieb: Nova MD GmbH,
Raiffeisenstraße 4, D-83339 Vachendorf, Deutschland
ISBN 978-3-96966-499-5

FSC
www.fsc.org
MIX
Papier aus verantwortungsvollen Quellen
FSC® C014138

www.claralouise.de
www.loud.at

Für dich,
weil du geliebt wirst.

Illustration Gehirn

Das Symbol des Gehirns steht für meine Gedanken, die ich dir aufzeigen möchte, um dir deine eigene Meinung zu bilden. Betrachte es als Denkanstoß, um dein Inneres ins Laufen zu bringen. Manche dieser Gedanken sind Weisheiten aus Büchern oder von Experten und manche sind schlichtweg ehrliche Erfahrungen meiner eigenen Geschichte.

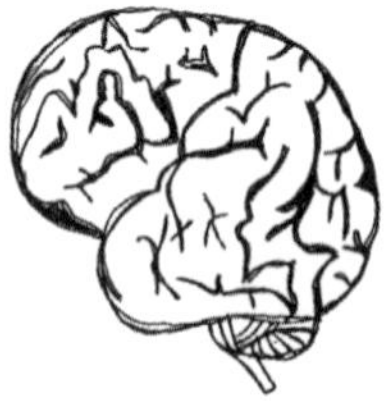

Illustration Feder

Das Symbol der Feder steht dafür, dass es für dich nun Zeit ist, deine eigenen Gedanken aufzuschreiben. Am besten ist es, wenn du dafür ein separates Notizbuch oder einen Block verwendest, damit du genügend Platz hast. Es ist wichtig, dass du diese Aufgaben nicht überspringst, denn durch das Schreiben lernst du dich selbst besser kennen. Probiere es selbst aus. Für mich ist es wie eine Art Therapie und dasselbe höre ich oft von anderen Autorinnen und Autoren.

Inhalt Gedichte

Es wäre so leicht ...

Es wäre so leicht loszulassen,
wäre es nicht so einfach festzuhalten.

Lass das Licht dich finden

Lass das Licht dich finden,
lass es in dich hinein,
deine Seele von innen durchfluten,
dein Herz erwärmen.

Dich umgibt eine Hülle,
nur eine Hülle,
du kannst sie gestalten,
so wie du möchtest.

Lass deine Schwere,
all die Last,
nun hinter dir,
gönne dir die Wärme,
die auf dich wartet,
du hast sie verdient.

Dich erwartet alles,
was das Leben lebenswert macht,
wenn du dazu bereit bist,
Altes loszulassen.

Lass das Licht dich finden.

Meister

Ich bin ein Meister
im Dies und Das,
fixiert auf jedes Detail,
doch was mir fehlt,
ist eine stabile Basis,
das Geheimnis,
wie man als Mensch
ein Leben lebt.

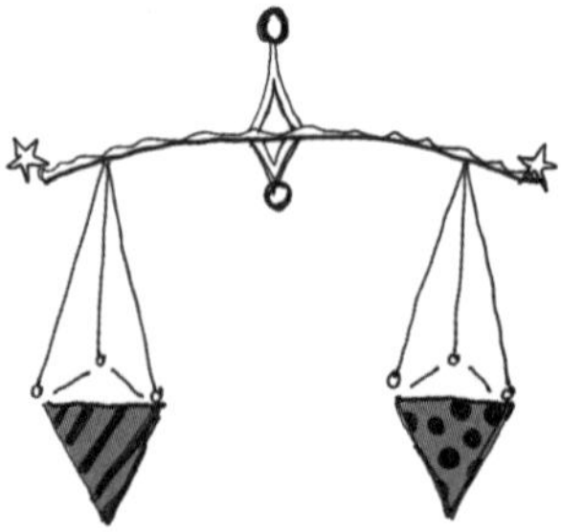

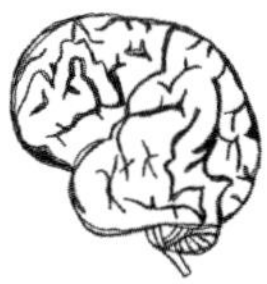

Manchmal verliert man den Überblick über die vielen kleinen Elemente des Alltags. Es lohnt sich, sich immer wieder zu fragen: Was ist wirklich wichtig für mich? Was sorgt für Frieden in meiner Seele? Alles andere wirkt daneben fast unwichtig, verliert an Macht. Wie sagt man so schön? – Qualität ist wichtiger als Qualität. Gönne dir immer wieder Luft zum Atmen und zum Sein. Du brauchst nichts zu tun, um liebenswert zu sein. Du bist bereits vollkommen.

Was ist wirklich wichtig für dich? Was sorgt für Frieden in deiner Seele?
Schreibe mindestens 5 Dinge/Menschen/Tätigkeiten auf und finde so heraus, was dadurch alles an Wichtigkeit verliert.

(Beispiele: Malen, Zeit mit meinen Freunden etc.)

Für Charlie

Ich habe dich so lieb
und ich bin mir sicher,
dass du das weißt,
wenn deine großen Augen
in meine Seele schauen
und mein Herz bei diesem
Anblick weicher wird.

Du sagst mir ohne Worte,
was du von mir brauchst,
und es macht mich glücklich,
dich glücklich zu sehen.

Du bist so pur, rein,
herrlich eigen.

Ich kann so viel von dir lernen,
denn du weißt bereits seit
deiner Geburt, wie man lebt.

Manchmal sage ich zu dir:
„Wenn es Engel gibt,
dann bist du einer von ihnen."

Ich weiß, das ist alles so kitschig,
doch was soll ich tun?
Du hast mein Herz berührt.

Ich werde immer für dich sorgen
und mich doch niemals
annähern können an das,
was du mir bereits gegeben hast.

Einsamkeit

Jedes Mal, wenn du es tust,
dann fühlt es sich an,
als würdest du mich alleine lassen.

Ich werde so oft von dir verlassen.
Ich mag es nicht,
verlassen zu werden.
Es ist das,
wovor ich mich am meisten fürchte.

Immer, wenn ich glaube,
dass du fort bist,
kommst du wieder
und blendest meine Tränen aus,
als seien sie nichts wert,
als sei ich nichts wert.

Wirke ich auf dich wie ein Panzer,
oder warum glaubst du,
dass ich alles ertragen kann,
alles ertragen muss?

Es fühlt sich verdammt oft
nach Alleinsein an
und es gibt nichts,
was bitterer ist
als Einsamkeit
in Zweisamkeit.

Lass mich bitte nicht mehr einsam sein.

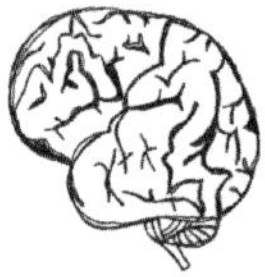

Einsamkeit und Alleinsein, das sind zwei unterschiedliche Zustände. Es ist schmerzhaft, wenn man sich alleine einsam fühlt, und noch schmerzhafter, wenn man es in Gesellschaft tut. Wirklich schädlich wird es dann jedoch, wenn man sein Leiden für sich behält, wenn man glaubt, der andere müsse wissen, wie man empfindet, oder wenn wir uns davor fürchten, unser Schmerz könnte zu schwer für den anderen sein. Es ist heilsam zu teilen, auch seine Einsamkeit. Sprich es aus, schreibe es nieder, drücke dich so aus, dass der andere es versteht. Dann kannst du wirklich sehen, ob du alleine nicht weniger einsam wärst.

Was würdest du jemandem sagen, den du liebst oder einst geliebt hast, wenn du keine Angst davor hättest, deshalb weniger liebenswert zu sein oder nicht mehr den vermeintlichen Erwartungen der anderen Person zu entsprechen? Oft ist Schweigen schädlicher als die Wahrheit, denn so erfahren wir nie, was wirklich ist, und geben dem anderen nicht die Chance, sich dazu zu äußern.

(Beispiel: Ich fühle mich einsam, wenn du mir nicht zuhörst.)

Wie zwei Magnete

Ich spüre, wie es dir geht,
du musst es mir nicht einmal sagen.

Ich bin unterwegs,
fokussiert auf die Straße,
gleite durch Alleen,
als es plötzlich in meiner Brust sticht
und ich weiß,
dass wir gerade in diesem Moment teilen,
was in uns vorgeht.

Ich fühle mich mit dir verbunden
auf eine ewige Art und Weise.

Dieses Band gab es wohl schon
in früheren Leben und in jedem neuen
werden wir uns erneut begegnen.

Wir sind wie zwei Magnete,
die zueinander finden,
sind wir uns nah
oder auch fern.

Du bist längst ein Teil von mir
und ich wünsche mir sehr,
dass wir uns für immer anziehen.

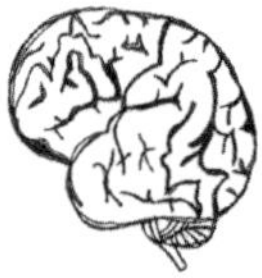

Ist dir jemals ein Mensch begegnet, bei dem du das Gefühl hattest, euch würde etwas miteinander verbinden? Ihr habt dieselben Gedanken im selben Moment oder teilt seit eurer Kindheit denselben Traum? Niemand weiß so genau, was hinter dieser Magie steckt, nur eines ist klar: Halte diesen Menschen. Er bringt dir immer wieder etwas Zauber in dein Leben und zeigt dir, dass es mehr gibt als das, was wir sehen oder greifen können.

Schreibe auf, was dir dazu einfällt. Bist du vielleicht schon einmal jemandem begegnet, der dir fremd war, bei dem du aber das Gefühl hattest, ihr würdet euch schon länger kennen? Oder denke an eine Person, von der du glaubst, dass sie dir nicht zufällig begegnet ist. Halte es fest und lasse dich von der Magie des Lebens immer wieder verzaubern.

Nur jetzt, nur wir

Was auch immer morgen ist,
die Sterne, unter denen wir liegen,
werden dieselben sein,
also lass uns die Schwere ablegen
und einfach nur fühlen, wie leicht es ist,
behütet vom Himmelszelt zu sein.

Die ganze Welt hat Angst

Es scheint so,
als habe die ganze Welt Angst.

Es ist ganz egal,
wie man einen Menschen
von außen betrachtet.

Wie sicher und behütet
das Nest, in dem er lebt,
auch aussehen mag.

Ein jeder Mensch hat Angst
und es werden immer mehr.
Immer mehr Menschen
mit immer mehr Ängsten.

Die Welt, auf der wir leben,
ist wie ein Luftballon
mit zu viel Luft.

Wer kann eine Nadel finden,
die Oberfläche durchdringen
und uns davor retten,
vor lauter Angst zu platzen?

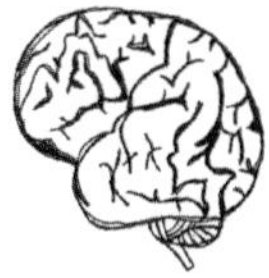

Die Angst ist ein nicht greifbares Gefühl. Sie hat unterschiedliche Farben, besteht aus unterschiedlichen Texturen, schmeckt und duftet stets anders, je nachdem, wer ihr gerade begegnet. Die Angst teilen wir alle zu nicht gleichen Teilen. Manchmal ist sie wie eine Lawine, manchmal nur ein kleiner Kratzer auf einer gläsernen Fensterfront. Wichtig ist, dass wir wissen, dass die Angst nicht mächtiger ist. Sie ist nicht mächtiger als die Sicherheit, die wir in uns tragen und die sich manchmal versteckt, so, dass wir glauben, sie sei verschwunden. Doch wenn man sie sucht und sich konzentriert, darauf vertraut, dass sie niemals ganz schwindet, dann kann man es spüren: Die Sicherheit, die in unseren Herzen funkelt, ist heller als jede Form von Angst.

Wovor hast du Angst? Schreibe all deine Ängste auf und lies sie dann laut vor. Denke an einen Moment zurück, wo du dich einer deiner Ängste gestellt und sie überwunden hast. Was war das für ein Gefühl? Kannst du dir vorstellen, dieses wunderbare Gefühl auch nach dem Begegnen deiner anderen Ängste zu erleben? Wäre das nicht großartig?

(Beispiel: Ich hatte Angst vor dem Fliegen und war stolz auf mich, als ich am Ort XY ankam, den ich nie gesehen hätte, hätte ich meine Angst über mich bestimmen lassen.)

Es gibt keine Zufälle

Ich habe Zuversicht
und das ist es, was ich brauche,
um leicht und zugleich mutig zu sein,
lächelnd mir selbst zu begegnen
und mein Leben zu umarmen.

Ich weiß, ich kann nicht alles ändern,
und doch ist mir bewusst,
dass ich einiges beeinflussen kann,
wenn ich meine Liebe dorthin sende,
wo man sie gebrauchen kann.

Es gibt keine Zufälle! – So denke
ich mittlerweile,
denn der Beweis liegt
in meinem Erinnerungsschatz.

Dort finde ich all die Momente,
die wie kleine Wunder meiner
Seele entsprungen sind,
sich aus meinen Gedanken,
meinen Wünschen und Gefühlen
entwickelt haben,
real geworden sind,
und daher weiß ich
und bin mir ganz sicher:
Es gibt keine Zufälle.

Wir haben mehr Kraft,
als wir glauben,
und brauchen doch nur hinzusehen,
um das Spielfeld zu erkennen,
auf dem wir uns befinden.

Frei und lebendig –
so sollst du dich fühlen in dir,
in dieser Welt,
denn das ist dein Recht.

Ein Leben ist ein Unikat
und es gibt keine Zufälle,
vertraue mir.

Ich bin zu viel

Ich bin zu viel.

Ja, da bin ich sicher, auch,
wenn ich etwas anderes höre,
selbst dann, wenn ich
darüber nachdenke,
es zu glauben,
so weiß ich doch,
ich bin zu viel für jemanden,
der so federleicht ist
und die Welt auf seinen
Schultern balanciert,
als sei das Leben
ein lockeres Spiel,
in dem es nur ums Erleben geht,
und die Frage des Überlebens
nie im Raum steht,
so, als sei sie ganz irrelevant,
kaum einen Gedanken wert.

Ich bin zu viel
und ich sehe es vor mir,
wie ich unten am Boden ankomme,
während du auf der anderen
Seite oben schwebst.

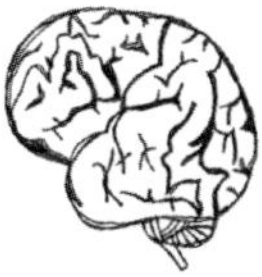

Glaube nicht allem, was du zu denken scheinst. Auch die Stimme in dir kann sich irren. Lass sie reden und höre ihr zu, doch dann überlege gut, was du ihr antwortest. Worte sind stärker als jedes unausgesprochene Missverständnis.

Welche negativen Glaubenssätze trägst du in dir? Trau dich und schreibe sie nieder. Lies sie einmal durch und streiche sie dann bewusst durch. Ersetze sie mit positiven Glaubenssätzen.
Du bestimmst, wer du bist! Du bist bereits vollkommen!

(Beispiel: Negativ: Ich bin nicht gut genug. Positiv: Ich bin vielseitig begabt.)

Illusion oder Wahrheit?

Ich bin aufgewacht.
Alles war wie immer.
Die Sonne schien leicht
durch die Rollläden.

Täglich grüßt das Murmeltier.

Ich kann diesen Film nicht leiden.
Vielleicht, weil sich
mein Leben manchmal so anfühlt
(und ich bin Bill Murray),
als würden sich die Tage wiederholen,
als würde nichts mehr passieren,
was mich neugierig macht.

Also stelle ich mir vor,
wie es wäre,
so ein Leben,
das endlich ist.

Ein Leben,
bei dem man nicht weiß,
wie lange es noch anhält,
wie lange man noch
mutig sein kann,
lieben kann,
kreieren kann,
zelebrieren kann,
und ich lasse mich drauf ein,
auf diesen Gedanken,
während meine Augen
nun alles glasklar sehen
und mein Herz energisch pumpt.

Wer weiß schon,
wie lange ich noch leben darf? -Eben!
Und deshalb fange ich jetzt damit an.

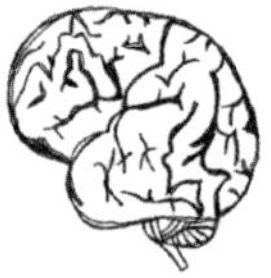

Ich denke oft daran, wie ich mich wohl fühlen werde, wenn ich einmal das Glück haben werde, alt zu sein und dann auf mein Leben zurückzublicken. Werde ich etwas bereuen, weil ich Angst hatte, es nicht zu tun, oder glaubte, ich hätte noch ewig Zeit? Diese Frage nagt an mir. Jeden Tag. Ich versuche, mich danach zu orientieren und mein Leben so zu gestalten, wie es mich erfüllt. Das gelingt mir nicht immer, aber zum großen Teil schon. Es gibt keine Garantie für einen neuen Tag.

Stelle dir einmal vor, wir alle würden erfahren, dass diese Erde nur noch eine Woche überlebt. Danach verschwinden wir alle in der Atmosphäre. Versuche, dich tatsächlich in diese Situation hineinzuversetzen, und schreibe spontan nieder, was du in dieser Woche tun würdest. Würdest du nicht mehr zur Arbeit gehen und stattdessen etwas machen, das dich erfüllt? Würdest du viel mehr arbeiten, da deine Arbeit dich so sehr erfüllt? Mit wem würdest du deine Zeit verbringen wollen? Gibt es etwas, was du unbedingt noch tun oder sagen wollen würdest?

(Anregung: Das Leben ist endlich und unvorhersehbar. Lebe ein erfülltes Leben!)

Gemeinsam

Erst fühle ich mich alleine,
gefangen in meiner
eigenen kuriosen Welt,
glaube alles, was ich sehe
und nicht erklären kann,
ist ein unlösbares Rätsel,

doch dann kommst du
und erzählst mir, wie es dir geht,
furchtlos und so radikal offen,

und ich sehe, ja, verstehe,
dass auch du gefangen bist
in unserer kuriosen Welt,

und auch, wenn dies
eine Tragödie ist,
sind wir zumindest
gemeinsam ein Teil davon.

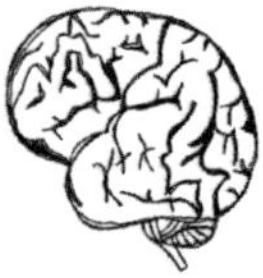

Es erscheint einem schon fast makaber, dass uns Schicksalsschläge ein Gefühl von Zusammenhalt schenken können, dass uns Narben miteinander vereinen, sich unsere geteilte Trauer in Weisheit transformiert, dass sich in allem Dunklen etwas Leuchtendes finden lässt, doch es ist nur ein weiterer Beleg dafür, dass wir Menschen zusammengehören.

Schreibe deine herausforderndsten Momente des Liebens nieder und erkenne sie an. Sie sind dir geschehen und es war furchtbar und ungerecht! Überlege dann, ob du etwas Positives aus der Situation ziehen konntest oder dich das Erlebnis anders denken/leben ließ? Schreibe dies ebenfalls nieder und lies dir deine Gedanken laut vor.

(Beispiel: Mein geliebter Großvater ist verstorben. Positiv: Durch ihn habe ich erfahren, wie sich bedingungslose Liebe anfühlt.)

Feuer

Wie groß muss deine Not sein,
wenn du ein Feuer zündest,
weil sie deine Schreie nicht hören,
deine Wunden nicht sehen,
deine Kinder ignorieren.

Wie kalt muss es in ihren Herzen sein?
Wie arm sind ihre Gedanken?
Wie klein ist ihre Sichtweite,
wenn das, was sie glauben,
nicht das ist, was sie sehen?

In einer Welt, die so offen ist
wie nie zuvor,
blieben wir doch alle dort,
wo wir schon immer waren,
und fühlen uns nicht eins mit dem,
was auf diesem Planeten geschieht.

Würdest du sehen,
wenn du eines Tages
an jenem Ort aufwachtest,
auf den du nun mit dem Finger zeigst,
dass auch du nur ein Mensch, ein Tier bist,
das Futter, Schutz und ein Nest benötigt,
dass wir doch alle zusammengehören?

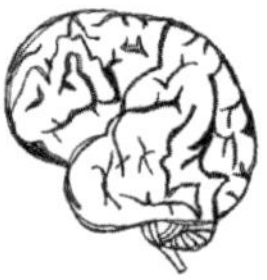

Die Welt ist ein großer Ort. Man kann nicht immer alles nachvollziehen, was hier passiert. Es ist in Ordnung, den großen Schmerz zuzulassen und hinzusehen, doch dann auch wieder loszulassen. Es hilft niemandem, wenn du leidest. Dein Herz soll ein schöner und friedlicher Ort sein, aus dem heraus du etwas Wertvolles für dich und andere Menschen tun kannst.

Zähle beim Ein- und Ausatmen.
Beispielsweise fünf Sekunden ein- und fünf Sekunden ausatmen. Stelle dir beim Einatmen vor, dass du einen wohltuenden Duft aufsaugst, der dann deinen ganzen Körper durchströmt. Lege deine Hand auf deinen Bauch, atme tief in den Bauch hinein und nehme diese Atmung bewusst wahr. Höre deinen Atem. Beim Ausatmen stellst du dir vor, dass du all deine Sorgen hinauslässt.

Endlose Suche

Diese endlose Suche,
sie nagt an mir.

Nie zu wissen,
was richtig oder falsch ist.

Immer das Verlangen zu verspüren,
eine Antwort zu benötigen,
mir nicht vertrauen zu können,
mich nicht zu hören.

Es fehlt ein Stück in mir.

Beim Erschaffen
wurde etwas vergessen.

Ich bin unvollständig,
funktioniere nicht so,
wie ich es sollte.

Alles in mir ruft,
doch ich bin still.

Ich suche Hilfe,
doch ich finde sie nicht,
denn um mich herum
kann es sie nicht geben.

Diese Antwort,
sie ist in mir,
und ich warte darauf,
sie zu finden.

Heimat in dir

Eines Tages findest du die Heimat,
nach der du dich sehnst,
und du wirst erstaunt sein,
wo du sie findest.

Liebesgedicht

Lass alles los
und halt mich fest.

Halt mich fest an deine Brust,
so fest, wie du es nur zulassen kannst,
denn es ist viel zu lange her,
dass wir uns umarmt haben,
als würden wir uns nicht
mehr wiedersehen.

Die Welt kann sich drehen,
doch wir bleiben hier,
halten den Moment,
so lange es nur geht.

„Das ist das Geheimnis“,
sage ich zu dir,
„das, wonach sie alle suchen.“

Denk daran,
wenn du drohst zu vergessen,
dass ich hier immer darauf warte,
dass du zurückkehrst,
und wir beide in dem schwimmen,
was man Liebe nennt.

Alles ist jetzt

Alles, was ich habe, ist jetzt,
und alles, was ich brauche, ist jetzt,
und wenn dies nicht das Richtige ist,
dann muss ich es jetzt ändern.

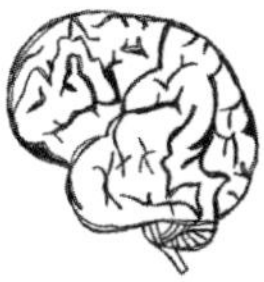

Es ist nichts Neues, dass die wahre Essenz des Lebens, ja, der Sinn, nach dem wir alle suchen, im Hier und Jetzt steckt und der jetzige Moment der einzige ist, der wirklich zählt, und doch kann es nicht schaden, immer wieder daran erinnert zu werden.

Gibt es eine Tätigkeit, in der du ganz von selbst im Hier und Jetzt bist und dich nur auf dich selbst und das konzentrierst, was gerade geschieht? Schreibe diese Momente nieder und genieße sie immer dann, wenn du dich in deinen Gedanken verlierst.

(Beispiele: Blumen pflanzen, Fotografieren, Singen)

Ein Haus im Wald

Ich träume anders,
ich fühle mich immer mehr zuhause,
wenn ich an die Zukunft denke,
wenn ich verstehe,
wonach ich mich sehne,
und daran glaube,
dass es so eintreten wird,
weil mein Herz danach ruft
und ich seinem Wort folge.

Ich träume von einem
kleinen Haus in einem Wald.
Draußen auf dem Grundstück
stehen ein paar Schafe
und fressen zufrieden Gras.
Zwischen ihnen spielt mein Hund,
eins mit der Natur.

Das Feuer im Kamin duftet herrlich,
es knistert und zaubert Gemütlichkeit,
die sich um dunklen Holzboden
verbreitet und dafür sorgt,
dass ich mich jederzeit niederlegen kann,
wenn meine Gedanken zu viel werden.

Ich finde die Ruhe, nach der ich mich sehne,
lebe mit Menschen und Tieren zusammen,
die meine Seele erfreuen.

Während ich daran denke
und diese Zeilen schreibe,
fliegt mein Schreibtisch in dieses Bild
und plötzlich sitze ich an einem großen Fenster,
blicke auf den See,
geschmückt vom bunten Laub auf der Terrasse,
und höre ihn von unten rufen:
„Der Tee ist fertig!"

Ein paar Sekunden

Manchmal vergessen wir das,
was zu schwer in den Tiefen
unserer Seele liegt,
zu scharf am Herzen entlanggleitet,
das düstere Licht in uns
uns in Gefahr bringt.

„Vielleicht war es nicht so schlimm“ –
lautet die Überschrift des Ereignisses,
die Fetzen der Erinnerung,
die so glasklar abrufbar sind
und auch dann erscheinen,
wenn man nicht danach fragt.

Jahre vergehen,
ich sehe nun anders aus als damals,
nur mein Gesicht ähnelt ein wenig
dem Spiegelbild meiner Kindheit.

Ich habe eine Mauer
um mich herum aufgebaut,
doch in mir drin ist es zart,
zerbrechlich und beschattet
von einer Wolke aus Schuld.
Was hätte ich anderes tun können,
um mich zu schützen?

Warum hat es niemand anders getan?

Bin ich wirklich allein auf dieser Welt?

Habe ich verdient, was mir geschah?

Ein paar Sekunden, eine halbe Ewigkeit,
ein Leben, das auf dir beruht.

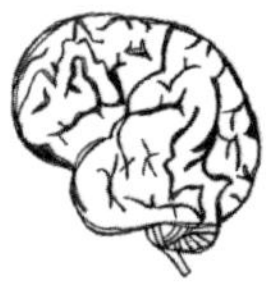

Es gibt Momente im Leben, die möchte man am liebsten schnell wieder vergessen, weil sie so düster, kaum erträglich sind. Manchmal wirkt es dann so, als hätten wir sie tatsächlich zurückgelassen, vielleicht sogar für ein paar Jahre vergessen haben, bis etwas auftaucht, dass uns in den Moment zurückversetzt und wie eine gewaltige Lawine auf uns zurast. Wahrscheinlich lag es schon lange schwer auf deiner Seele und du hast verständlicherweise nicht mehr hingesehen, doch irgendwo hinterließ es einen bleibenden Schmerz. Jetzt ist es Zeit, diesen Schmerz zu würdigen, ja, deine Wunden zu pflegen, immer wieder nachzusehen, wie fortgeschritten die Heilung ist und was du selbst für dich tun kannst. Manchmal genügt es schon, von oben auf die Situation hinabzublicken, dich selbst (gedanklich) zu umarmen und dir zu versichern, dass du jetzt in Sicherheit bist.

Denke nun an 5 wundervolle Momente in deinem Leben, die dich mit Glück erfüllen, und schreibe sie auf. Immer, wenn es dir schlecht geht, da du an negative Erinnerungen aus deiner Vergangenheit denkst, lasse die schönsten Momente deines Lebens deine Gedanken erhellen.

Die Frage

Ich bin weder die erste Person,
die sich fragt,
noch ist es das erste Mal,
dass ich mich frage,
wie wir darauf kommen,
dass uns diese Welt gehört,
dass wir anderen Tieren
überlegen sind
und uns gegenseitig bekämpfen.

Kennst du ein anderes Tier,
das gegen seine eigene Spezies kämpft,
nur weil es aus einem anderen Land
dieser Welt kommt?

Wer möchte die Welt regieren?
Ich möchte es nicht
und doch fühlt es sich so an,
als sei man Mitglied in einem Club,
für den man sich nie angemeldet hat.

Es gibt nur ein Land,
ja, in Wahrheit ist es so,
denk einmal darüber nach.

Dieses Land nennt sich Erde
und wir sind alle Tiere,
ob Mensch, Löwe oder Maus.

Geborgenheit

Da ist dieser Hunger nach mehr,
die Sehnsucht nach Erfüllung,
die Lust auf Geborgenheit.

Gewogen in sicheren Händen,
dem Himmel entgegen,
vorm Sturm beschützt,
im Regen ganz leicht.

Diese bittere Leere,
ein immer größer werdendes Loch,
Fragen, die mich quälen,
Einsamkeit, die sich breit macht.

Ich würde gerne tanzen,
hineinfallen in die Musik,
schweben über dem Boden,
lachend weinen über das Leben.

Das ist alles,
ist es das?

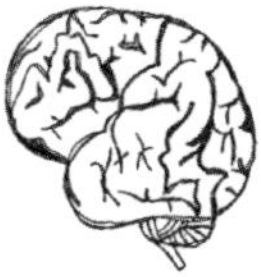

Manche von uns werden geboren oder wachsen auf mit einem Loch in ihrer Seele, einer Lücke, die sich nie zu füllen scheint, und vielleicht werden viele von uns dieses Gefühl für immer haben, doch ich glaube fest daran, dass wir uns selbst heilen können, dass wir dafür sorgen können, dass unsere Sehnsucht gestillt wird, dass wir herausfinden können, was uns fehlt, wonach wir uns sehnen, und dass wir uns dann selbst damit füttern können, um diese Lücke ein wenig zu schließen. Sei deine eigene Mutter, dein eigener Vater, dein eigenes Kind. Liebe dich so rein und bedingungslos, wie du nur kannst.

Denke an Momente zurück, in denen du dich bedingungslos geliebt gefühlt hast. Beschreibe, wie es sich auf körperlicher Ebene angefühlt hat (Beispiele: warm, leicht, geborgen). Versuche nun immer, wenn du eine Lücke oder einen Schmerz in dir spürst, diese/-n mit dem schönen Gefühl zu „füttern". Stelle dir bildlich vor, wie das Licht in das Loch deiner Seele fließt und es schließt. Wiederhole diese Übung immer wieder, bis sie sich ganz von selbst einstellt.

Lustiges Leben

Es ist ein lustiges Leben.
So oft muss ich schmunzeln,
wenn ich an all
die Kuriositäten denke,
die stattfinden.

Einmal ist man verliebt,
wird von der Sonne umarmt,
taucht ein in einen
Schmetterlingsschwarm
und gleitet sanft über den Boden.

Dann ist man todtraurig,
die Wolken sind dicht,
die über einem stehen,
die Pfützen groß
und schmutzig,
in die man hineinfällt.

Diese für jeden von uns
unvorhersehbare Zeit,
sie ist bitter und süß zugleich,
ein wenig Komödie,
ein wenig Drama.
Eine Hauptrolle,
die sonst niemand
besser spielen kann.

Dieses Leben,
es ist nicht immer leicht,
manchmal ist es sogar
ziemlich hart.

Doch das Schöne ist:
Auf jede Träne,
die geweint wird,
folgt auch irgendwann
wieder ein ehrliches Lächeln.

Man kann (nicht)

Man kann nicht
von heute auf morgen
einfach so vergessen,
einfach so loslassen.

Man kann entscheiden,
ob man möchte,
man kann bestimmen,
ob man es mit allen
möglichen Mitteln versucht,
man kann daran glauben,
dass man es schafft.

Man kann nicht sehen,
was einmal ist,
man kann nicht ändern,
was einmal war,
doch das,
was man jetzt tut,
das kann man steuern,
wie man sich fühlt,
das kann man nur hoffen.

Man kann nicht
von heute auf morgen
eine Welt verändern,
in der man lebt,
ein Leben hinter sich lassen,
welches man lebte,
doch all das,
was man kann,
das kann man nur jetzt tun.

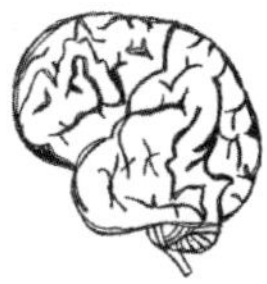

Sätze wie „Das ist doch halb so schlimm“ oder „Anderen Menschen geht es noch viel schlechter“ rutschen leicht über die Zunge, können aber einen größeren Schaden im eigenen Selbstbewusstsein auslösen, denn nicht alles lässt sich von heute auf morgen ändern und jeder Schmerz ist gleich viel wert und subjektiv zu betrachten. Jede Geschichte ist einzigartig, jeder Mensch ein Unikat. Die Wahrheit ist, man kann dich und mich nicht miteinander vergleichen, also sollten wir das auch nicht mehr tun, sondern einfach nur zuhören und annehmen, wie der andere sich fühlt, und somit auch selbst weniger Druck für uns selbst erzeugen.
Alles kommt mit der Zeit. Das Wichtigste ist, dass wir beginnen, den Weg zu gehen.

Schreibe all die schönen Dinge und Eigenschaften von dir auf, die du magst und an dir schätzt (wenn es dir schwerfällt, dann schreibe das auf, was deine Familie und Freunde über dich sagen), und lies sie dann laut vor. Das bist du! Wundervoll, nicht wahr?

Die Magie steckt in den Augenblicken

Hättest du je geglaubt,
dass aus diesem einen Moment
eine lebenslange Erinnerung wird?

All die Kraft und Magie des Lebens
steckt in den einzelnen Augenblicken,
denn ein überwältigendes Gefühl,
das kann man nicht planen.

Also, sei dir bewusst,
dass alles, was du tust,
jedes Wort, das du sprichst,
jeder Gedanke, den du denkst,
zu einem der wichtigsten Momente
deines Lebens werden kann.

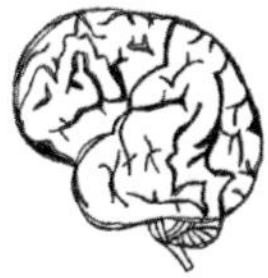

Es gibt diese schönen Erinnerungen, die wir direkt aufrufen können. Wir erinnern uns an kleinste Details, hören, riechen oder sehen bestimmte Dinge. Meistens kann man solche Erinnerungen nicht planen. Oft entstehen sie an vermeintlich „normalen" Tagen, die erst dann im Nachhinein zu etwas Besonderem für die Ewigkeit werden. Was bedeutet das? – Dass jeder einzelne Tag das Potenzial hat, dir für immer positiv in Erinnerung zu bleiben!

Schließe deine Augen und rufe eine schöne Erinnerung aus deiner Vergangenheit hervor. Es ist nicht wichtig, welche es ist, nimm einfach die, die zuerst auftaucht. Dann schreibe auf, an was du dich alles erinnerst. Wie sieht es aus? Was hörst du? Wie fühlt es sich an? Genieße diesen Moment und spüre, was es mit deinem Körper macht. Wird es warm um dein Herz? Musst du lächeln? Kommen dir vielleicht sogar Freudentränen?

Herzschlag

Ich spüre deinen Herzschlag
auf meiner Hand.

Eine überwältigende Erinnerung daran,
dass ein jedes Leben
an einem seidenen Faden hängt
und ich so glücklich darüber sein kann,
dass deiner noch so lebendig ist
und ich dank meinem
diesen erleben darf.

Eine Flut an Glück
überschwemmt meine Seele
und parallel dazu schwimmt die Angst,
dieses einmal zu verlieren,
doch solange ich deinen Herzschlag
auf meiner Hand schlagen spüre,
ist jede Sekunde unsagbar lebenswert.

Einfach (Teil 1)

Nach all der Zeit
freue ich mich einfach,
dass ich mich wieder freuen kann.

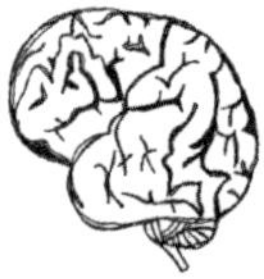

Immer wieder in meinem Leben habe ich mit Depressionen zu kämpfen. Zu diesen Zeiten fällt es mir oft schwer, etwas als positiv zu empfinden oder mich über etwas zu freuen. Dann denke ich zurück und versuche mich daran zu erinnern, was mir einmal Freude gemacht hat, und warte darauf, dass dieser Moment wieder eintritt. Am meisten freue ich mich dann, dass ich wieder Freude empfinden kann.

Welche Gefühle in dir schätzt du besonders? Ist es zum Beispiel Dankbarkeit (hast du vielleicht dein Hobby zum Beruf gemacht?) oder Liebe? Schreibe es auf und dazu, was alles dieses Gefühl in dir auslöst. Schütze es und schaue immer wieder nach, ob du es noch in dir trägst. Es ist dein Anker für schwere Zeiten.

Danke

Die stärkste Erinnerung
an dich ist das Gefühl,
das du in mir hinterlassen hast.

Und das Lächeln,
das du mir in Gedanken an dich
auf mein Gesicht zauberst,
die Wärme, die mein Herz ummantelt,
wenn ich ein altes Foto von dir sehe,
und die Elektrizität in meinen Synapsen,
wenn ich auch nur
deinen Namen höre.

Doch am größten
und hellsten
ist die Liebe,
die du in mir
hinterlassen hast.

Zu Besuch in der Glaskugel („Einfach“ Teil 2)

Irgendwann steckte ich
in dieser Glaskugel.
Ich habe keine Ahnung,
wie ich in sie
hineingekommen bin,
und noch weniger,
wie ich wieder herauskam.

Die Welt um mich herum
war wie abgedämpft,
meine Gefühle
außerhalb des Glases.

Ich konnte mich
nur noch daran erinnern,
wie es einmal war,
und das war meine Basis,
um weiterhin zu glauben
an eine Rettung,
einen Ausweg
aus der Glaskugel.

Irgendetwas sehr Kluges
in mir riet mir,
mir nicht zu glauben,
wenn ich mich denken hörte,
dass ich es niemals
schaffen würde,
es längst zu spät sei.

Ich habe durchgehalten,
ruhig geatmet,
mich auf das Wesentliche
fokussiert
und jetzt bin ich wieder draußen,
außerhalb der Kugel.

Und freue mich einfach,
dass ich mich wieder
freuen kann.

Schönste Zeit

Die schönste Zeit ist jene,
die man aus den Augen verliert,
jene, in der die Uhrzeit
keine Rolle spielt.

Jene,
in der du bei mir bist.

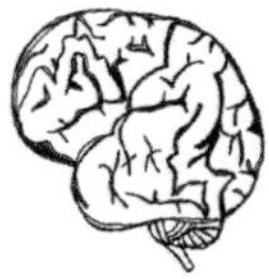

Es ist so schön, wenn man gefangen im Moment ist, wenn man die Welt um sich herum vergisst und einfach lebt. Ich erinnere mich gerne zurück an tolle Gespräche mit anderen, an Freude und Lebenslust, in der die Uhrzeit nicht wichtig war oder gar ignoriert wurde.

Wann war das letzte Mal, dass du die Zeit aus den Augen verloren hast, da das Leben gerade so schön war? War es vielleicht eine Begegnung mit einem lieben Menschen, der Anblick der Natur oder das Hören der Musik deiner Lieblingsband? Schreibe es auf und freue dich daran, denn das sind die Momente im Leben, die wir wirklich nie vergessen und die es so lebenswert machen.

Vollständig

Heute fühle ich mich so geliebt.

Heute fühle ich mich tatsächlich vollständig.

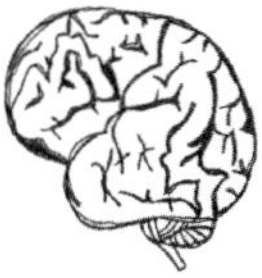

Es ist ein Irrtum zu glauben, wir Menschen sollten alleine mit uns selbst vollkommen glücklich sein. Ein jeder Mensch braucht mindestens einen anderen Menschen. Wir sind wie Yin und Yang, so wie alles im Leben. Die Reise zur Selbstliebe oder Selbstakzeptanz kann schwierig sein. Sich durch andere Menschen geliebt zu fühlen kann dabei helfen, sich selbst etwas mehr zu lieben und zu erkennen, dass man liebenswert ist. Niemand von uns sollte das alleine schaffen. Es ist völlig okay hier und da nachzufragen oder es einfach nur voll und ganz zu genießen, wenn man wahrnimmt, dass man geliebt und geschätzt wird.

Wann fühlst du dich vollständig? Ist es beispielsweise wie bei mir, wenn du spürst, dass du geliebt wirst? Schreibe es auf und finde somit heraus, wonach du dich innerlich sehnst. Bestimmt findest du dann einen Weg in der Zukunft, wie du diese Sehnsucht stillen kannst. Allein das Bewusstsein über unsere Sehnsüchte ist schon viel wert, denn wie sagt man so schön? Der Weg ist das Ziel.

Jetzt gerade

Wenn du einmal in dich gehst und spürst,
was dich jetzt gerade glücklich macht,
dann erscheint die Welt um dich herum
plötzlich nicht mehr so wichtig.

Neues Jahr

Was ich mir wünsche für das neue Jahr:
Dass das Leben
voller Überraschungen bleibt,
es hoch und runter
und immer wieder hoch geht,
ja, das ist wichtig.

Was ich mir
für das neue Jahr vornehme:
Dass ich mich Stück für Stück
noch weiter entfalten kann,
dass ich es zulasse,
so zu sein, wie ich bin,
akzeptiere, wie ich mich gerade fühle,
keine Ausrede mehr finde,
mich vor der Welt zu verstecken.

Worauf ich hoffe im neuen Jahr:
Dass ich immer wieder hoffen kann,
stets genug in mir übrig bleibt
für ein weiteres Jahr voller Leben.

Halb so schnell

Nun sag es mir bloß,
wenn du mich suchst,
denn ich stecke nun endlich
nicht mehr in meiner
Vergangenheit fest
und vielleicht wirst du
mich nicht einmal mehr erkennen,
denn die Jahre,
in denen ich verloren ging,
vergingen nur halb so schnell
wie mein restliches Leben.

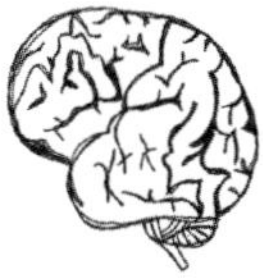

Wir möchten gerne glauben, dass wir die belastende Vergangenheit einfach so hinter uns lassen können, wenn wir uns einfach nur dazu entscheiden, und dann wird uns irgendwann bewusst, wie intelligent unsere Seele und unser Körper doch sind und wie eine Festplatte alles speichern. Dann heißt es: Ran ans Programmieren und Aussortieren! Das kann einige Zeit beanspruchen und das ist auch völlig in Ordnung so. Oft finden wir Fetzen aus vergangenen Zeiten in symbolischen Geschichten in unseren Träumen wieder. Hier kann es helfen, genau hinzusehen. Natürlich gehört die Vergangenheit auch zu uns und ist ein Teil von dem, was wir heute sind, doch es steht uns zu, manche Dinge hinter uns zu lassen, die uns heute nicht mehr dienen und unserer Realität nicht mehr entsprechen.

Träumst du oft von denselben Szenen? Manche Menschen träumen, sie fallen tief oder werden verfolgt. Schreibe auf, wovon du besonders häufig träumst, und dann intuitiv, was dir dazu einfällt. (Beispiel: In meinen Träumen bin ich oft auf der Flucht. Gedanken dazu: Im echten Leben renne ich gerne vor Verantwortungen weg.) Vielleicht hilft es dir ja, dich besser zu verstehen. Und falls du nichts träumst, dann ist das auch gut :) !

Du weißt es

Das, was du denkst,
führt zu dem, was du siehst,
führt zu dem, was du erlebst,
führt zu der Wahrheit in dir.

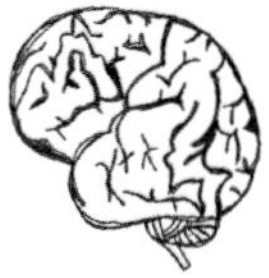

Unsere Gedanken haben mehr Kraft, als wir vermuten, und das Erstaunliche daran ist, dass wir selbst ihnen diese Kraft verleihen, indem wir sie uns führen lassen. Eine völlige Kontrolle ist nicht möglich, aber durch das bewusste Hinsehen, Meditieren und Trainieren können wir unsere Gedanken mitleiten, und das entscheidet darüber, wie wir die Welt sehen. Es steht in zahlreichen Büchern und doch braucht es seine Zeit, um es selbst zu begreifen. Mir hilft es, wenn ich mir vorstelle, wie ich belastende Gedanken bildlich klein werden lasse oder sie in einem Sack verstaue. Wir können mitentscheiden, wie wir uns fühlen, indem wir mitentscheiden, wie und woran wir denken.

Schreibe deine drei belastendsten Gedanken auf, die immer wiederkehren (Beispiel: Ich schaffe das nie!) und schreibe dann drei schöne Gedanken auf, die dich glücklich machen (Beispiel: Ich bin stolz auf das, was ich bisher erreicht habe). Versuche doch einmal, ob du diese Gedanken miteinander austauschen kannst, wenn deine belastenden Emotionen überhandnehmen. Du wirst erstaunt sein, wie viel Macht du über dich selbst hast.

(P. s.: Es gibt keinen Grund, warum belastende Gedanken in Dauerschleife sinnvoll sind.)

Liebenswertes Leben

Das Leben ist viel zu kurz,
um es nicht zu lieben
oder alles dafür zu tun,
es liebenswert zu machen.

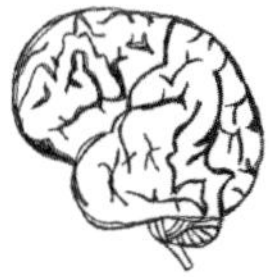

Stelle dir einmal vor, dein Leben wäre ohne Grenzen! Wer sagt, dass es nicht so ist? Wer bestimmt deine Grenzen? Wer setzt deine Regeln? Wer formt deine Werte? Dafür solltest du selbst verantwortlich sein. Es steht dir zu, das Leben zu leben, das dich erfüllt, und dich immer wieder neu zu entscheiden. Stell dir mal vor, du würdest nur noch das machen, was dein Herz tanzen lässt. Wäre das nicht einfach großartig? Stelle es dir vor mit all deinen Sinn. Schmecke es, höre es, sehe es, höre es. Das könnte dein Leben sein! Es liegt in deiner Hand.

Welche Träume würdest du dir gerne verwirklichen, die dir aktuell noch unerreichbar scheinen? Was hält dich davon ab? Was müsstest du ändern, damit dein Traum wahr werden kann? Was ist dir wichtiger: ein Leben ohne Risiko oder ein Leben nach deinen Vorstellungen? Stell dir beide Szenarien vor und schreibe deine Gedanken dazu auf.

Traum

Jeder Traum bleibt nur ein solcher,
wenn man sich nicht dazu entscheidet,
ihn greifbar zu machen,
ihn anzusehen und anzufassen
und dann zu realisieren.

Einfach ist das nicht,
doch was ist jemals Großartiges
aus „einfach“ entstanden?

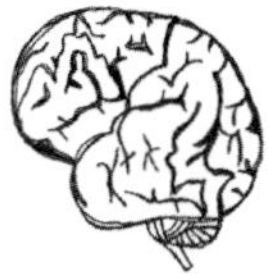

Was ist eigentlich ein Traum? Es ist etwas, was unser Herz fester schlagen lässt, uns mit Stolz und Lebenslust erfüllt und hoffnungsvoll in die Zukunft blicken lässt. Träume sind Leben. Wie trist wäre das Leben, wenn man keine Träume mehr hätte? Sich einen Traum zu erfüllen, zu erarbeiten, ist eines der kraftvollsten Gefühle der Welt, denn es zeigt, dass alles möglich ist, wenn wir nur fest daran glauben und uns nicht vom Weg abbringen lassen.

Hast du dich selbst schon einmal sagen hören, dass dein Traum unrealistisch sei und wohl nie in Erfüllung gehe? Da hast du vermutlich recht, denn wenn das dein Glaube ist, wirst du auch dementsprechend handeln. Wenn du jedoch, trotz aller eigenen und fremden Zweifel, weiterhin daran glaubst, dass alles möglich ist, dass du es verdient hast, dann kann sich fast jeder Traum erfüllen. Schreibe deine Träume nieder und stelle dir vor, wie es wäre, wenn sie wahr würden. Wundervoll, oder?

Geschichten aus der Nacht

Ich renne und renne,
hinter mir rennen sie auch,
also renne ich und renne
und bleibe niemals stehen.

Ich suche ein Haus,
ein Dach,
ein Versteck,
einen Ort,
an dem ich sicher bin
oder kurze Zeit rasten kann,
doch überall,
wo ich einkehre,
lauert eine neue Gefahr.

Die Ganoven sind
ständig hinter mir her
und wenn sie mich kriegen,
dann …

Also renne ich weiter.
Ich renne und renne,
hinter mir rennen sie auch,
also renne ich und renne
und bleibe niemals stehen.

Dann wache ich auf.

Balance halten

Im Leben geht es auch darum,
die Balance zu halten,
eine Seite nie zu schwer
werden zu lassen,
so dass man in Bewegung bleibt.

Wie schön es doch ist,
auf dem Balken zu tanzen,
ein Schritt nach links,
ein Schritt nach rechts.
Wie nah der Boden erscheint,
wie verführend es doch ist,
nie stehen zu bleiben.

Schwebend durchs Leben.
Sinken ist keine Option.
Es lässt sich alles ausgleichen,
wenn man ihn immer wieder findet,
den nötigen Schritt,
der die Balance in uns selbst
wieder möglich macht.

Das Klima in mir

Ich spüre die Wut in mir hochsteigen
wie die glühende Lava eines Vulkans,
doch noch weit, bevor es
zum Ausbruch kommt,
schlucke ich die heiße Masse wieder herunter
und verstaue sie in meinem Bauch.

Dort brodelt es vor sich hin
und verglüht mit der Zeit,
doch die Asche bleibt zurück
und so ist es ein dunkler,
trockener Ort geworden,
der vom Sterben bedroht ist.

Ich weiß nicht warum,
es passiert ganz von selbst,
dass ich meine Natur unterbreche,
sie vom Leben abhalte.
Ich habe es so gelernt.

Doch noch bin ich hier
und noch kann ich es retten,
das Klima in mir.

Beim nächsten Aufbrodeln
der Wut in mir
lasse ich sie heraus
und lasse die Natur das tun,
was sie tun muss,
um sich zu regenerieren.

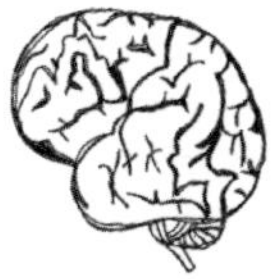

Als Kind war es mir wichtig, meine Wut für mich selbst zu behalten und nicht herauszulassen, um meine Eltern nicht zu belasten. Ist das einmal gelernt, ist es gar nicht mehr so einfach, es wieder zu ändern. Mittlerweile kann ich Wut und Ärger in gewissen Momenten zulassen und empfinden. Das Herauslassen und somit auch das Loslassen fällt mir aber noch schwer. Manchmal hilft es mir, wenn ich dann ganz laut darüber spreche, was mich gerade ärgert. Man muss seine eigene Wut finden, um auch solche Gefühle heraus- und loszulassen.

Schreibe auf: Gibt es ein oder mehrere Gefühle, die du meist unterdrückst? Wenn ja, welche sind es und was glaubst du, warum du das tust? Kannst du dir vorstellen, was eine für dich gute Art und Weise wäre, die Gefühle zuzulassen und auszudrücken? (Beispiel: Aus Wut ein Kissen auf den Boden werfen)

Funkelt

An manchen Tagen
fühle ich mich so,
wie sich die Landschaft fühlt,
wenn sie vom Schnee bedeckt ist:
matt und bedeckt.

Dann höre ich mich
selbst nicht mehr so gut
und habe das Gefühl,
ich kann meine Schritte
nicht gehen.

Dann bleibe ich
einfach stehen,
fest mit beiden Beinen
im tiefen Schnee.

Doch ich weiß,
dass jeder Schnee
einmal vorübergeht,
immer ein neuer Frühling kommt
und ich nicht lange warten muss,
bis es für mich weitergeht.

Bis dahin bleibe ich
geduldig hier
und schaue ich mich um
in dieser hellen,
stillstehenden
Landschaft
meiner Seele,
die auch
an grauen Wintertagen
immer noch
ein wenig funkelt.

Kleine Schritte

Selbst

das

größte

Chaos

lässt

sich

lösen,

indem

man

kleine

Schritte

geht.

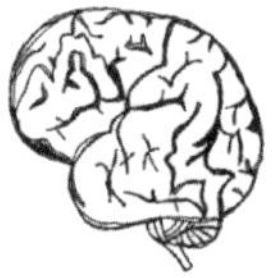

Wenn es in meinen Gedanken besonders chaotisch zugeht, merke ich, dass ich versuche, die Ordnung im Äußeren zu finden. Mir fallen dann plötzlich Dinge in meiner Wohnung auf, die ich aufräumen oder verändern könnte. Diese Gedanken lassen mich dann auch nicht mehr los, bis ich es erledigt habe. Es ist dann oft aber gar nicht besser, denn die äußere Ordnung hat mit der inneren Ordnung meist wenig zu tun. Trotzdem bin ich dankbar, dass ich so darauf hingewiesen werde, dass es mal wieder Zeit ist, in mir aufzuräumen.

Manchen von uns hilft es, wenn sie sich in ihrem Kopf gedanklich einen Raum vorstellen, in welchem z. B. Truhen, Säcke, Schränke etc. stehen, in denen man Themen oder Probleme verstauen kann, wenn sie gerade nicht nützlich sind (z. B. beim Einschlafen). Dann kann es helfen, wenn man gedanklich Problem XY in die Truhe schließt und sich innerlich sagt: Darum kümmere ich mich morgen! Zeichne deinen inneren Raum mit verschiedenen Truhen und Schränken, die dir gefallen. Präge es dir ein und nutze diesen Raum, um Sorgen und Probleme zu verstauen, die bis morgen warten können.

Meine Welt in deinen Händen

Es ist zu schmerzhaft
darüber nachzudenken,
denn immer,
wenn es geschieht,
dann tut es noch genauso weh
wie damals,
als du zu mir sagtest,
du wüsstest nicht,
ob du es noch einmal so tun würdest,
als ich deine Hand hielt
und glaubte,
wir seien alles,
wovon du je geträumt hast.

Da lag meine Welt in deinen Händen
und du konntest sie nicht drehen,
denn du hast nicht bemerkt,
dass sie überhaupt dort war.

Nun sind Jahre vergangen
und es fühlt sich immer noch so an,
als sei ich ein Kompromiss,
eine unüberlegte Handlung.

Ich glaube,
deshalb fällt es mir so schwer,
mich geliebt zu fühlen.

Ich habe es nie geschafft,
mich und dich davon zu überzeugen,
dass es kein Fehler war,
ein Teil dieser Welt zu werden.

Schneebedeckte Sonnenblumen

Wenn selbst im Winter
die Sonnenblumen
im schneebedeckten Feld
weiterhin aufrecht stehen,
zwar gebrochen und gezeichnet
von den kalten Monaten,
durch ihre offene Verletzlichkeit
so wunderschön,
die sichtbaren Schäden verursacht
durch die Dunkelheit,
so kann auch ich als Mensch
alle Jahreszeiten des Lebens
überstehen.

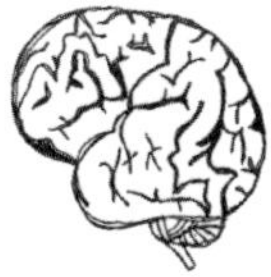

Die Natur zeigt uns oft die Möglichkeiten des Lebens auf. Seit Jahrtausenden werden wir durch sie inspiriert zu kreieren und das Leben für uns Menschen einfacher zu gestalten. Sämtliche Dinge, die wir heutzutage selbstverständlich verwenden, sind von der Natur inspiriert. Man muss nur die Augen öffnen und hinausgehen, beobachten und die Gedanken fließen lassen. Man findet sich selbst als Teil der Natur wieder. Immer wieder.

Denke darüber nach, wie du deinen aktuellen emotionalen Zustand durch die Natur darstellen würdest, und schreibe es detailliert auf. Beschreibe, wie es aussieht und sich anfühlt. Kannst du auch etwas hören oder schmecken? Vielleicht ist dir ja bei deinem letzten Spaziergang etwas begegnet, das dich an dich selbst erinnert hat? (Beispiel: schneebedeckte Sonnenblumen)

Schöner Ort

So sehr lebe ich
in meinem Kopf
und wünsche mir,
dass dieser Ort
ein schöner wird.

Richte deinen Wunschraum ein, in dem du dich wohl fühlst und Ruhe findest. Steht dort ein Sessel, in dem du lesen kannst? Oder hängt dort eine Hängematte mit Blick aufs Meer? Zeichne diesen Raum innerhalb des Kopfes. Wenn es chaotisch wird und du vor lauter Gedanken nicht mehr ruhen kannst, denke an diese Illustration deines „Wunschraums" in deinem Kopf. Ja, stelle dir vor, du kehrst in deinen Raum zurück, in dem dich niemand stört. Ich hoffe, es hilft dir auch dabei, dich zu entspannen und zur Ruhe zu kommen.

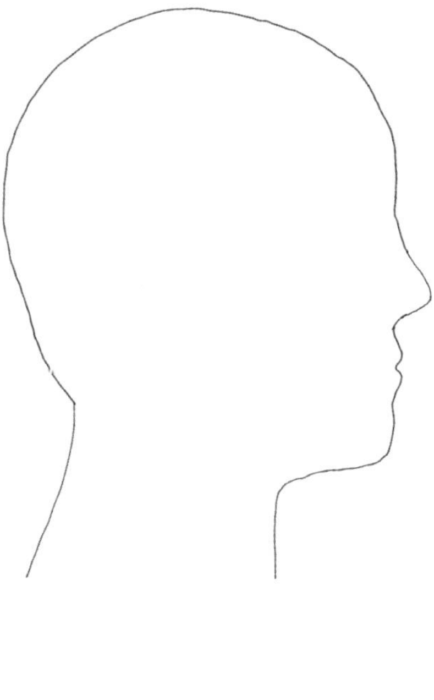

Wundertüte

Ja, die Schönheit des Lebens
findet man auch dann,
wenn man Pläne macht,
die schon bald
keinen Sinn mehr ergeben,
weil jeder Tag
eine Überraschung ist
und sich hinter jedem Vorhang
eines Moments
ein Gewinn verbergen kann.
Warum sollte man ihn
dann nicht öffnen wollen?

Das Leben,
es erinnert mich
an eine schrille Wundertüte,
die man
unbedingt haben möchte,
einfach nur,
weil man nicht weiß,
was sich darin verbirgt,
und man die Gelegenheit,
sich zu freuen,
einfach nicht
verpassen möchte.

Der Zauber,
die Magie,
wie auch immer
man es benennen mag,
steckt in der Freiheit
des eigenen Willens,
für die unendlich vielen
Möglichkeiten des Lebens
stets offen zu bleiben.

Verliebt in die Liebe

Ich bin verliebt in die Liebe.

Ich möchte sie stets spüren,
stets um mich haben.

Ich kann mich einfach
nicht von ihr trennen,
denn sie ist
wie eine Abhängigkeit,
eine Droge,
die mir höchste
Glücksgefühle verleiht.

Ich bin so verliebt in die Liebe
und mir ist bewusst,
sie weiß es ganz genau.

Sie spielt mit mir,
die Liebe,
und ich kann mich
nicht dagegen wehren,
ihr für immer hörig zu sein.

Zwei

Früher war es
nicht unbedingt besser
als heute.
Heute ist es
nicht unbedingt besser
als früher.

Jede Zeit war schwer.
Jede Zeit war schön.

Es gab nie
nur das Gute.
Es gab nie
nur das Schlechte.

Alles wiederholt sich
in neuer Gestalt.

Das Leben besteht
jederzeit aus zwei Seiten.
Alles befindet sich
auf einer Waage.

Nichts ist nur gut.
Nichts ist nur schlecht.

Das heißt nicht,
dass man nichts verändern sollte.
Das heißt auch nicht,
dass man bei Ungerechtigkeiten
wegsehen sollte.
Das heißt auch nicht,
dass alles Schlechte
einen Sinn ergibt.

Es ist nur eben so,
dass das Leben
ein Ganzes ist,
das aus zwei
Hälften besteht.

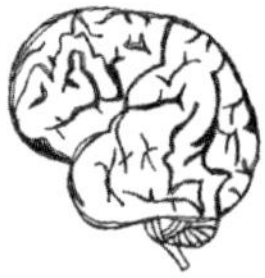

Es tut gut, zu wissen, dass es nie nur eine Seite gibt im Leben, besonders bei den schlechten Dingen, die uns passieren, wie zum Beispiel Schicksalsschlägen. Manchmal ist es nicht gleich offensichtlich und es fällt einem schwer, überhaupt etwas Wertvolles oder Positives zu finden, das man für die Zukunft mitnehmen kann. Wenn Familienmitglieder versterben, dann ist das oft ein grausamer Schmerz, der alles andere überdeckt. Wenn ich an den Tod meines Opas denke, den ich sehr geliebt habe, dann denke ich auch zugleich daran, wie wertvoll diese liebevolle Beziehung für mein Leben doch war und wie glücklich ich mich schätzen kann, dass ich ihn kannte.

Bestimmt hast du auch schon viele schlechte und/oder traurige Momente in deinem Leben gehabt. Oft tut es gut, wenn wir sie nochmal niederschreiben und überlegen, welche Gefühle sie in uns ausgelöst haben oder nach wie vor auslösen. Versuche nun, zu jedem negativen Gefühl ein positives Gefühl zu ergänzen. So siehst du, dass jeder Schmerz auch etwas Wertvolles in sich trägt. (Beispiel: Tod einer geliebten Person. Negatives Gefühl: Trauer, Schmerz, positives Gefühl: Liebe, Dankbarkeit)

Raus an mich

Ich bin so wütend
auf mich selbst.

Warum bin ich
bloß so schwach?
Warum kann ich
nicht einfach loslassen
und darauf vertrauen,
dass ich sanft lande?

Es sticht in meinem Hals.
In meiner Brust drückt es
vor angestauter Luft.

Es muss raus,
raus an mich.

Ich ärgere mich so sehr.

Warum mache ich
den anderen um mich herum
das Leben so federleicht
und nur mir selbst
so grotesk schwer?

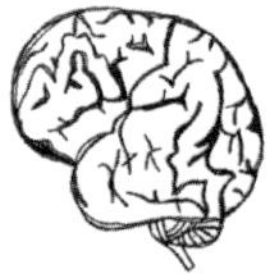

Es fällt uns leicht für andere da zu sein, ihnen zuzuhören und ihre Gefühle ernst zu nehmen, doch wenn es um uns selbst geht, gehen wir eisenhart mit uns ins Gericht. Manchmal fühlen wir uns nicht genug. Nicht traurig genug, um getröstet zu werden. Nicht fleißig genug, um gelobt zu werden. Doch woher nehmen wir dann überhaupt die Liebe und Sanftmut für andere? Es muss also Wärme und Empathie in unseren Herzen sein, zu denen wir selbst nur noch nicht den Zugang gefunden haben.

Stelle dir vor, deine beste Freundin oder dein bester Freund (alternativ gehen natürlich andere Beziehungen, die dir besonders wichtig sind im Leben) schüttet sein Herz vor dir aus. Vielleicht weint die Person sogar. Sie ist am Boden zerstört und nichts fühlt sich mehr richtig an. Du kannst das Leid sogar in deinem eigenen Körper spüren. Was würdest du zu dieser Person, die dir so wichtig ist, sagen? (Beispiel: Egal was kommt, ich bin immer an deiner Seite.)

(Jetzt lies diese Zeilen laut vor und sprich dich selbst dabei an. Wenn es für dich möglich ist, sieh dich dabei im Spiegel an. Es wird am Anfang komisch sein, doch irgendwann kannst du die Wärme deiner Worte spüren und sie auch ernst nehmen. Wiederhole diese Übung regelmäßig und erlerne so einen Zugang zur Selbstakzeptanz und -liebe.)

Beschützen

Wenn du mir sagst,
dass du mich
beschützen willst,
da ich so fein
und so zerbrechlich sei,
dann kann ich das Haus
in der Ferne schon
langsam erkennen,
vor dem groß ein Schild
mit der Aufschrift
„Heimat“ steht.

Genug

Oft glaube ich,
ich bin nicht genug.

Nicht fleißig genug,
um gelobt zu werden,
nicht entspannt genug,
um einen Urlaub
zu genießen.

Nicht sportlich genug,
um gesund zu sein,
nicht gebildet genug,
um zu schreiben.

Nicht schön genug,
um ein Kompliment
anzunehmen,
nicht witzig genug,
so dass jemand Zeit mit mir
verbringen möchte.

Nicht gesellig genug,
um ein guter Freund zu sein,
nicht ausgelaugt genug,
um Geld zu verdienen.

Oft glaube ich,
ich bin nicht genug.

Dann spreche ich es aus
und merke selbst,
wie falsch ich doch liege.

Ich bin genug,
weil ja nur ich
ich selbst sein kann.

Nimm dir Zeit und schreibe 10 Eigenschaften und/oder Äußerlichkeiten von dir auf, die du magst. Wenn du glaubst, dir fällt nicht genug ein, dann nimm dir mehr Zeit, darüber nachzudenken.

Du hast mehr als 10 schöne Eigenheiten, die dich liebenswert machen!

(Beispiele: Kreativität, Fleiß, Zuverlässigkeit, Vertrauenswürdig etc.)

Es gibt Liebe, die tut weh

Es gibt Liebe, die tut weh,
nicht, weil sie nicht erwidert wird
oder weil jemand grob zu dir ist,
sondern weil sie so stark,
so überdimensional groß ist,
dass du förmlich spürst,
wie sie den Platz in deinem
Herzen strapaziert
und das trommelnde Organ
sogar zum Überlaufen bringt.

Dann läuft dir die Liebe
quasi schon in den Hals hinein,
in dem sie stecken bleibt,
und rührt dich somit zu Tränen,
während du ergeben
zu Boden gleitest,
gerührt und beängstigt zugleich,
nicht wissend,
ob du mit dieser Art von Liebe
überhaupt überleben kannst.

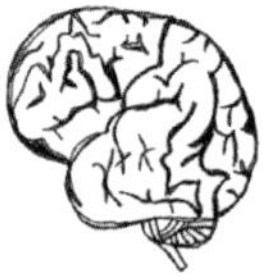

Als ich das Gedicht „Es gibt Liebe, die tut weh“ geschrieben habe,
da habe ich an meinen jüngeren Bruder gedacht, den ich so sehr
und völlig bedingungslos liebe,
dass es manchmal weh tut.

An welche Person hast du zuerst gedacht, als du das Gedicht gelesen hast? Schreibe es auf. Wie wäre es, wenn du dich nun bei dieser Person melden und ihr mitteilen würdest, wie du empfindest? :)

Liebe und Kunst

#1

Liebe ist ein Produkt
beschwingter Zeiten,
Kunst ein jenes
der traurigen.

#2

In den fröhlichen Zeiten
zelebrieren wir das Leben,
in bedrückten Zeiten
werden wir kreativ.

Das kleine Kind

Sie riefen mich
und haben mich verraten,
mit ihrer grausamen Stille,
verführten sie mich zu
jenen folgereichen Taten.

Sie kratzten und schlugen
gegen meine Wände.
Sie liefen und versteckten sich,
doch nach ihnen
streckte ich meine Hände aus.

Alleine und verbittert
so fühlte ich mich,
ich wusste nie warum,
doch dann traf ich dich.

So erzähltest du mir,
dass wir uns schon ewig kannten,
dass du stets bei mir warst,
auch, als sie alle rannten.

Ich war verwundert,
weshalb ich dich
zum ersten Mal sah,
weshalb wir nie
miteinander sprachen,
du warst doch
schon immer da?

Dann streicheltest du sanft
über die Wunden
meines Herzens,
lächeltest leise
und so verschwanden
meine Schmerzen.

Du seist meine Vergangenheit,
sprachst du zu mir,
denn das kleine Kind,
es sei noch immer in mir.

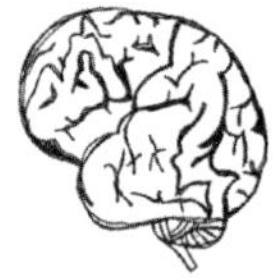

Wenn wir jung sind, können wir es nicht erwarten, endlich erwachsen zu sein, und glauben dann, dass wir unsere Kindheit einfach hinter uns lassen, doch das innere Kind in uns bleibt, und das ist auch gut so. Es gibt nichts Schöneres, als einen älteren Menschen zu sehen, der noch immer das Lachen eines Kindes mit sich trägt, oder Eltern, die mit ihren Kindern spielen und dabei selbst wieder zu Kindern werden. Wenn wir ein inneres Kind in uns haben, das Verletzungen mit sich trägt, dann kann es wohltuend sein, dieses Kind zu schützen und die Elternrolle für das eigene junge Ich zu übernehmen, so dass es ein Teil von uns bleiben kann.

Welche Anteile in dir stammen von deinem inneren verletzten Kind? (Beispiel: Ich bin schnell verletzt, wenn jemand etwas Bestimmtes zu mir sagt.) Welche kindlichen Anteile in dir schätzt du besonders und möchtest du beibehalten? (Beispiel: Tanzen und Singen vor dem Spiegel zu Liedern aus meiner frühen Jugend)

Schaffe dir somit einen Überblick über das Kind in dir und weshalb du auf manche Reize auf eine bestimmte Art und Weise reagierst. Manchmal kann es auch helfen, wenn man sich sein jüngeres Ich bildlich vorstellt, wie man es an der Hand hält und begleitet.

Neue Erinnerung

Ich lösche diese alte Erinnerung
an dich und gestalte sie neu.

Doch dieses Mal
entspricht sie der Realität.

Denn so kann ich nicht mehr
dazu verführt werden,
einem Bild hinterherzutrauern,
welches nur in meiner Fantasie
existiert.

Tickender Wind

Die Zeiten sind grausam,
oft liegen sie schwer,
doch so erbarmungslos
ich sie auch empfinde,
so auch sind sie
vergnüglich,
sogar sehr.

Denn eine Zeit,
nehmen wir die frühere
oder die von Morgen,
sie wird immer beides sein:
voller Glück
und voller Sorgen.

Also lasst uns feiern,
dass wir
des Atmens mächtig sind,
denn alles Weitere
entscheiden nicht wir,
sondern allein
der tickende Wind.

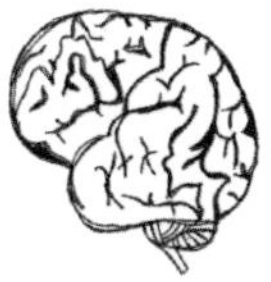

Dankbarkeit ist etwas, was uns immer erleuchtet, wenn wir es in uns tragen, denn es lenkt auch in schwersten Zeiten immer wieder den Fokus auf das, was wir haben, als auf das, das wir nicht haben. Wir sind leider so konstruiert (die Gründe sind verschieden), dass wir uns meist auf das Negative konzentrieren und dabei aus den Augen verlieren, für was wir alles dankbar sein können.

Wenn du morgen aufwachst, dann denke an drei Dinge (Menschen, Tätigkeiten, Gesundheit etc.), für die du in deinem Leben dankbar bist. Du wirst sehen, dass du gleich mit einer positiven Energie in den Tag startest. Dieses Ritual ist wertvoll für jeden Tag. Probiere es aus.

Gewinner oder Verlierer?

Wie kommt es,
dass uns das,
was uns schadet,
immer wieder
magisch anzieht?

Geht es darum,
ein Spiel zu gewinnen,
oder fürchten wir uns
vor dem,
was von uns übrig bleibt,
wenn das Spiel einmal
zu Ende geht?

Etwas mehr

Eines solltest du wissen:
Ich mag dich wirklich sehr.
Für mich warst du nie irgendwer,
sondern immer etwas mehr.

Wenn ich schreibe

Oft verstecke ich mich
hinter meinen Worten,
schmücke mit ihnen
meine Person,
präsentiere mit ihnen
die Essenz meiner Gedanken,
und doch bin ich
nirgends so unverfälscht,
so radikal ehrlich,
wie wenn ich schreibe.

Kurze Leine

Aus Angst davor,
unser Herz zu verlieren,
halten wir die Liebe
an einer kurzen Leine.

Doch was wir
nicht verstehen
ist, dass die Liebe
frei sein muss,
um lebendig
zu bleiben.

Liebe ist niemals sicher,
niemals ganz ohne Risiko,
doch ein Leben ohne Liebe,
das ist die mit Abstand
größte Gefahr.

Wer wir schon immer waren

Vielleicht müssen wir
ja gar nicht suchen,
wer wir sind,
sondern uns bloß
daran erinnern,
wer wir schon
immer waren.

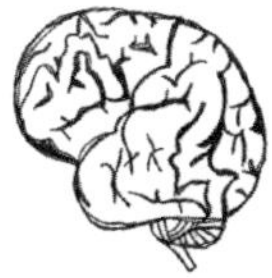

Ich glaube, dass wir alle schon fertig auf die Welt kommen und unsere Prägungen unseren Charakter weiter formen. Doch im Prinzip ist alles, was wir sind, schon immer da, wir müssen es nur immer wieder finden, wenn es verloren geht. Wir eignen uns neue Verhaltensmuster an, um dem zu entsprechen, was man von uns erwartet. Wenn wir uns unsicher mit uns selbst sind, dann wünschen wir uns oft, wie jemand anderes zu sein, denn diese Person scheint offensichtlich alles im Griff zu haben. Auf dieser Entwicklungsreise, die wir alle durchlaufen, vergraben wir unser wahres Ich manchmal versehentlich unter dem Berg von Erwartungen. Dann müssen wir innehalten und überlegen: Wer bin ICH wirklich?

Erinnere dich an Eigenschaften von dir, die du schon seit deiner frühesten Kindheit in dir trägst, die dich vielleicht auch von anderen Kindern unterschieden haben. Warst du vielleicht besonders offen und konntest leicht auf andere zugehen? Oder warst du eher nachdenklich und konntest dich schon immer gut kreativ ausdrücken? Schreibe es auf. Was auch immer es war oder ist: Finde es wieder und erwecke es erneut zum Leben, denn diese frühen Merkmale deiner Selbst entsprechen deinem wahren Ich!

Schütze dein Zuhause

Schütze deine Seele.
Sie ist dein Zuhause.

Schreibe alles auf, was dir einfällt, was du selbst tun kannst, um deine Seele zu schützen.

(Beispiele: Auf meine Atmung achten, Pausen einplanen, schöne Dinge erleben, auch in stressigen Zeiten)

Wenn es dir einmal nicht gut geht, dann sieh dir deine Liste an und beginne, etwas für dich zu tun. Du weißt selbst, was du Gutes für deine Seele, für dein Zuhause tun kannst!

Wichtigste Entscheidung

Die wichtigste
Entscheidung,
die man treffen muss,
ist die,
sich zu entscheiden
und zwar immer,
wenn es möglich ist,
denn nichts schenkt
uns mehr Freiheit
als der Mut,
sich zu entscheiden
und dann mit
dieser Entscheidung
ein selbstbestimmtes
Leben zu führen.

Und wenn man
sich dazu entscheidet,
seine Entscheidung
irgendwann zu ändern,
dann ist das auch
eine Entscheidung.

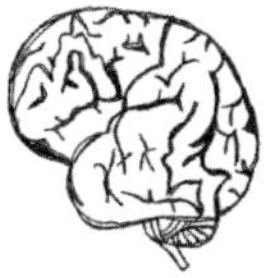

Ich hoffe, dass dich dieses Buch inspiriert hat, mehr für dich selbst da zu sein und das Leben zu greifen, dass dir zusteht. Ich möchte, dass dein Leben glänzt, dass es GOLDEN ist. Das wünsche ich dir von ganzem Herzen. Stelle dir einmal vor, du schaust auf dein Leben zurück und denkst dir: Welch Glück, dass ich mich damals dazu entschieden haben, mein Leben voll und ganz mir selbst zu widmen und somit auch anderen ein gutes Vorbild zu sein. Welch Glück, dass dieses Leben so liebenswert war.

Schreibe dir auf, was du JETZT ändern möchtest, was du über dich selbst gelernt hast und was du dir für dich selbst wünschst, und dann sei dir bewusst, dass es in deiner Hand liegt, dass du all die Macht hast, um dir jetzt dein Wunschleben zu erfüllen!

DANKE

Ich möchte mich aufrichtig und aus vollem Herzen bedanken.

Danke an dich, liebe Leserin, lieber Leser. Danke, dass du dein Herz öffnest, um Schmerz und Liebe zuzulassen, die oft zusammengehören, und mir somit dein Vertrauen schenkst. Es berührt mich zutiefst, dass ich meine Gedanken mit dir teilen darf. Ich werde immer bedacht mit diesem wertvollen Geschenk umgehen.

Danke, Pascal, dass ich immer mit dir meine Gedanken und Ideen durchgehen kann und du dabei stets einen kühlen Kopf bewahrst. Du hast mir somit das Vertrauen gegeben, dass alles möglich ist, und an dir sehe ich, dass es stimmt. Danke an Laura und Oliver, dass ihr immer für mich da seid und mir eure bedingungslose Liebe schenkt, die ich nur erwidern kann. Danke an meine Eltern, Nina und Detlef, dass ihr mich immer tun gelassen habt, was ich mir in den Kopf gesetzt habe, und nie daran gezweifelt habt, dass ich kluge Entscheidungen treffe. Danke an Frau Dr. Achatz-Petz für die inspirierenden und hilfreichen Gespräche, die mich immer mit neuen Weisheiten hinterlassen, die ich niederschreiben kann, um sie nicht zu vergessen, und dann mit anderen Menschen teilen kann. Danke an Alex für all die Geduld und Gelassenheit – vor allem auch für die tollen Tutorials, die du für mich erstellst. Danke an meine Familie und Freunde. Ihr seid mein Hab und Gut.

Danke an die Hoffnung, die Liebe und das Leben.

IST DAS LEBEN NICHT GOLDEN?

Über die Autorin

Clara Louise wurde am 25.09.1992 in Lahnstein, Deutschland geboren und ist dort aufgewachsen. Im Alter von 16 Jahren beendete sie das Gymnasium in ihrer Heimatstadt und zog der Liebe wegen ins österreichische Salzburg. Dort arbeitete sie einige Jahre nebenberuflich als Werbetexterin und Kreative. Außerdem war sie bereits als Singer-Songwriterin tätig und veröffentlichte 2015 ihr erstes deutschsprachiges Debütalbum. Gedichte schreibt die Künstlerin bereits seit ihrem 13. Lebensjahr, doch es sollte noch einige Jahre dauern, bis sie ihr erstes Buch veröffentlichen würde.

Im Jahr 2018 erschien ihr erster Gedichtband „Von verlassenen Träumen & einem leichteren Morgen", und so wurde Clara Louise schnell zu einer der bekanntesten deutschsprachigen Lyrikerinnen der Neuzeit. Vor allem im Netz verbreiten sich die Aphorismen und Gedichte der Künstlerin sehr schnell, wodurch ihre Leserschaft seither stetig wächst. Ihre beiden Gedichtbände „Zurück zum alten Kirschbaum" (2019) und „Stimme der Leisen" (2020) sind wie auch der erste Band ein Bestseller. Im Jahr 2019 ging Clara Louise gemeinsam mit ihrer Band das erste Mal auf Solotour durch Deutschland und Österreich und präsentierte ihre Poesie und Musik. Im Herbst 2020 erschien ihr viertes Album „Verbunden", auf welchem neben Liedern im Singer/Songwriter-Stil auch vertonte Gedichte zu hören sind.